나는 트렁크 팬티를 입는다

나는 트렁크 팬티를 입는다

까탈스런
소설가의
탈코르셋
실천기

최정화
에세이

니들북

태초에 인간은 지극히 자연스러운 상태였다.

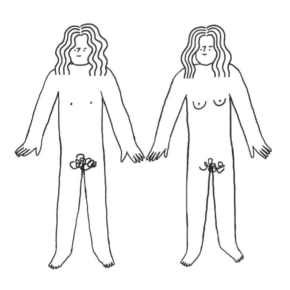

그리고 태초의 옷은 몸을 보호하기 위한 것이었다!

그런데 언제부턴가 보호하는 것을 넘어 감추는 것이 되었고

더 나아가 언제부턴가는 과시하기 위한 것이 되었다.

그것이 부(富)든,
아름다움(美)이든.

옷 속에 들어 있는 나의 몸은 지금 이대로 괜찮을까?

몸이 먼저인지, 옷이 먼저인지 모르는 사람은 없다!

이제
남들에게
보이기
위한것이
아닌,

내 몸에 알맞은 것을 찾는 여정을 시작한다.

그 누구도 아닌 나 자신의 시선으로

내가 여성을 주제로 작업을 하게 된 시작은《현남 오빠에게》라는 소설집이었다. 그때 썼던 〈모든 것을 제자리에〉는 내가 이제까지 쓴 소설 중 가장 어렵게 쓴 단편이었다.

마감 한 달 전까지 붙들고 있던 작품은 발표한 것과는 다른 소설이었는데 좀처럼 진행하기가 어려웠다. 불이 나는 곳마다 어떤 여성이 나타났고, 그 여성이 범인으로 오해받는다는 이야기였으나 잘 풀리지 않았다. 이유는 두 가지 질문 때문이었다. '그것이 과연 페미니즘 소설인가'와 '내가 페미니즘을 말할 만한 사람인가' 하는 것. 그때 소설을 쓰면서 나는 여성으로서 나 스스로 납득할 수 없는 부분들이 내 안에 존재한다는 것을 자각했다.

〈모든 것을 제자리에〉는 철거 구역의 현장을 비디

오로 기록하는 직업을 가진 여성이, 현장을 카메라에 그대로 담지 않고 자기 나름대로 정리해서 조작한다는 이야기다. 그런데 계속 정리하고 배치를 바꾸어도 뭔가 제자리에 있지 않다는 느낌을 받는다. 제자리에 놓여 있지 않은 물건을 찾던 중 자신의 손목에 자기 것이 아닌 다른 사람의 손이 붙어 있는 것을 발견하게 된다. 손목에 붙어 있는 것은 어떤 남자의 손이었다.

소설 속에서 서술한 것처럼 내가 아닌 그 무엇이 이미 내 신체처럼 내게 붙어 있고, 그게 나인지 나를 해하는 것인지 구분하기 어려울 정도로 가까워져 있다는 게 여성으로서 내가 느낀 실감이었다. 예를 들어, 번 돈의 대부분을 몸을 불편하게 하는 옷들을 사는 데 쓰고 있던 것, 여성들의 몸을 보면서 섹슈얼한 느낌을 받는 것, 전업주부에 대해 폄하하는 시선을 가지고 있던 것, 그리고 내 몸의 일부를 '여성스럽지' 못하다는 이유(나는 다리털이 굉장히 굵게 나고 어릴 때부터 콧수염이 있었다)로 부끄러워했던 경험들을 떠올리며 '어, 내가 왜 그러지?' 하고 한번에 툭 털어버릴 수만은 없었다.

나는 소설을 쓰는 내내 압박감을 받았다. 여성으로 살아오며 모순과 억압을 받았지만 막상 발언대가 주어지니 두려움이 앞섰다. 여성이면서도 내 시선과 목소리는 종종 여성을 억압하는 남성의 것을 닮아 있었고, 여성을 비하하거나 모욕하는 사회의 습성이 몸에 배어 있어서 그런 점이 드러날 것에 대한 염려가 컸다.

여성을 향한 남성들의 편견들이 문제시될 때 나는 비판의 방향을 나 자신에게로 돌렸다. 사회가 여성을 바라보는 시선에 문제가 있다, 라는 이야기가 들려올 때 '맞아, 나도 그런 시선으로 인해서 불편하고 고통스러웠어.'라고 느끼지 않고, 나도 그렇게 다른 여성들, 혹은 나 자신을 바라보았던 것을 떠올렸다.

그럴 수 있다. 여성도 남성의 시선이나 생각들을 내면화하여 자신을 얽어매고 있다. 아, 그랬구나, 그래서였구나, 이제 이건 내가 아니야, 라고 내려놓으면 되었을 텐데 나 자신이라고 여기고 붙든 채 죄

책감을 느꼈다.

원고를 쓰는 동안 나는 창작을 하는 동시에 나 자신을 감시하고 있었다. 내 안의 여성 혐오가 튀어나올 거라는 두려움과 압박감을 느꼈기 때문에 다른 작품을 쓸 때보다 자유롭지 못했다. 그렇게 끙끙대며 쓴 소설은 결국 내놓지 못했다. 그 작품은 포기했다. 대신 그 작품을 쓰는 동안의 내 모습에 대해서 보기로 했다. 그거야말로 이야기해 볼 만한 의미가 있겠다 싶었다. 그게 내가 가장 잘 말할 수 있는 여성의 모습이었을 테니까. 그렇게 여성이 자신을 말하는 것의 어려움에 대해 쓰게 되었다. 소설이 술술 써졌다.

일단 주인공 여성이 손에 습진을 앓게 했다. 실제로 그 당시 나는 손에 한포진을 앓고 있었다. 병원에서는 스트레스 때문이라고 했지만 이런저런 방법을 써도 잘 낫지 않아 고생을 좀 했다. 당시 외부 활동이 갑자기 늘면서 다른 사람과 함께하는 일들이 많았는데 혼자 글만 쓰다가 협업을 하게 되니 아무래도 서툴렀다. 나에게는 분위기나 다른 사람의 기분에 맞추려는 경향이 있어서 일을 할 때도 솔직한 생각이나 감정을 잘 표현하지 못했다.

　내 안에 나 자신으로 인정하고 받아들일 수 없는 오염된 부분이 있고, 그게 내 몸으로 받아들여서는 안 되는 이물이라는 걸 '습진'이라는 신체의 병으로 설정했다. 더 이상 나를 향한 사회의 시선을 그대로 따를 수 없을 만큼 고통스럽다는 고백이기도 하고 그 아픈 손은 더 이상 내 손이 아니라는 발견이기도 하다. 또한 과거의 아픔을 딛고 여성으로서의 시선과 목소리를 되찾겠다는 의지이기도 하다.

　작품을 쓰고 나서 여성에 대한 이야기들을 나눌 기회가 조금씩 생기기 시작했다. 북토크가 끝나고 사인을 하는 자리에서 한 여성이 나에게 말을 걸었다. 긴 파마머리에 허리선이 잘록한 투피스 정장을 입고 있었다. 그녀는 자기가 여기에 올 때 왜 이런 차림새로 왔는지에 대해서 돌아보게 되었다고 내게 말했다. 그에게 대답을 하기 전에 잠시 망설였다. 남성의 시선에 의해서 규격화된 여성의 모습

은 외형적으로 정형화되어 있지 않을 거라는 생각
이 들었다.

아마 여성주의에 관심이 있는 많은 분들이 그럴
테고 나 또한 외적으로 굉장히 많은 변화를 겪었다.
이십 대에는 긴 생머리에 하이힐을 신고 미니스커
트에 끈 민소매를 입고 다녔는데 그때는 그게 좋았
다. 더 이상은 그게 좋지 않고 불편하기만 하다는
걸 깨달으면서 하나씩 벗어던지기 시작해 지금은
외모에 대해서만큼은 '내 몸에 편한가' 외에는 거의
신경을 쓰지 않는다. 그 결과, 내 몸에 맞는 차림새
를 찾게 되었다. 결과물은 사람마다 다양할 것이다.

여성주의가 모든 사람이 다 하이힐을 벗고 바지
를 입고 쇼트커트를 하자는 이야기는 아니다. 그래
서 얼른 "지금 그 모습이 진짜 자기가 좋아서 선택
한 스타일일 수도 있어요."라고 말씀 드렸다. 여성
은 이래야 한다, 라는 기존의 시선에 맞추어 자기 모
습을 만들어 가다가 여성이 왜 이래야 하는가, 라는
이야기를 듣고 그 이야기가 억압이 돼서 또 나 자신
을 억지로 끼워 맞추게 될 수도 있으니.

남성도, 다른 여성도, 그 누구도 아닌 나 자신의 시선으로 나를 보는 것. 그렇게 점차 타인의 시선으로부터 자유로워져서 나에게 맞는 몸을 찾는 여정이 시작됐다.

　쉬울 것 같지만 은근 어렵다. 지금 내가 하고 있는 생각들, 지금 내 몸을 두르고 있는 것들을 곰곰이 살펴봄으로써 내가 알게 된 것들은, 내 생각이 아닌 다른 사람들의 생각을 의식하고, 내게 편한 행동이 아닌 다른 사람의 행동을 따라 하고 있었다는 것이다. 그것을 사회화라고 한다면, 그중에서 내게 맞지 않는 것들을 털어 내고 내게 걸맞은 것들을 찾게 된 것이 지난 몇 년간 내가 해 온 몸에 대한 탐구 생활의 결과다.

　그래야 한다고 배운 것들 중에 내게 맞지 않는 것들이 분명히 있다. 다른 사람들에게는 이로우나 내게는 해로운 것들이 있다. 브래지어, 삼각팬티, 제모 도구와 화려하고 몸을 죄는 옷과 구두, 그게 내가 지난 몇 년 동안 버린 것들이다. 내 몸과 가장 가까이 있는 것들을 버리고 나자 편안하게 숨 쉬는 나 자신을 만나게 되었다. 이 글을 읽는 이들에게도 그런 변화가 찾아오기를 바란다.

contents

석가모니도 유두가 있는데 왜 여자는 안 되나요?

1.

 Social Media

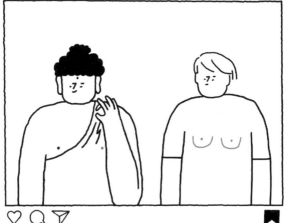

2018년 여름, 나는 페이스북에서 '석가모니도 유두가 있는데 왜 여자는 안 되나요?' 캠페인을 시작했다. 십여 개의 시리즈로, 가슴 부분을 확대한 상반신 사진들을 꾸준히 올렸다. 이 시리즈는 열 개 미만의 '좋아요'를 받는 정도로, 그리 좋은 반응을 얻지는 못했지만, 페이스북을 하면서 내가 가장 잘한 일 중 첫 번째 손가락에 꼽고 싶다.

대단한 일은 아니었다. 반팔 티셔츠를 입은 나의 상반신 사진과, 결가부좌상을 하고 있는 석가모니의 사진을 나란히 올렸다. 사진 속에서 나는 브래지어를 하지 않았고, 눈여겨본다면 셔츠 위로 도드라진 유두를 누구라도 알아볼 수 있었을 것이다. 그건 석가모니 쪽도 마찬가지였다. 더군다나 그는 한쪽 가슴이 파여 좌우가 언밸런스한 의상을 입고 있었기 때문에 오른쪽 유두가 노출된 상태였다. 왼쪽 유두는 의상에 가려져 있었으나 브래지어를 하지 않은 나와 마찬가지로 유두 부분의 옷감이 도드라졌다. 석가모니와 나, 우리 둘의 유두는 비슷해 보였다.

가슴 자랑을 하려는 생각은 없었다. 다만 이를 통해 여성이 티셔츠를 입었을 때 매끄러운 윤곽선이 아니라 볼록 튀어나온 유두가 비친다는 사실이 사람들에게 조금이나마 자연스럽게 받아들여지기를 바랐다. 대체 왜 그러는 겁니까, 라는 진지한 질문에는 답하지 않았다. 내가 대체 왜 이러는지 생각해보라고 올린 사진이니까.

불편한 게 맞을까

4년째 브래지어를 하지 않고 있다. 브래지어를 안하기 시작하면서 뒤늦게나마 브래지어를 할 이유가 전혀 없다는 것을(내가 시스루를 좋아한다는 것 외에는 브래지어에 별 관심이 없다는 것을) 알게 되었기 때문이다. 또한 브래지어를 하면 숨이 잘 안 쉬어지고 가슴이 답답하기 때문이다.

브래지어를 하지 않으면 편하다. 그건 마치 사람들이 숨을 쉴 때 일부러 콧구멍을 좁히거나 콧구멍을 막고 있지 않은 원리와 동일하다. 폐는 호흡을 담당하는 기관이고, 가슴은 이 기관이 위치한 곳이다. 그런데 브래지어는 그런 가슴을 움직이지 못하도록 조이고 있다. 콧구멍을 막지 않고 원래 생긴 대로 뚫려 있게 두면 더 많은 산소를 들이마실 수 있고 답답하지 않은 것처럼, 브래지어를 벗었을 때도 비슷한 일이 일어난다. 산소를 마실 수 있다. 숨이 잘 쉬어진다. 가슴이 편안하다.

그래서 하지 않는다.

브래지어를 안 했을 때 불편한 사람도 있다. 그런 이유로 브래지어를 하지 않는다는 지인이 있었다. 본인이 편안하지 않다면 굳이 브래지어를 하지 않을 이유가 없다고 여길 수 있다. 하지만 그 불편감을 좀 더 깊이 들여다본다면 실은 그게 그리 대수롭지 않은 장애물임을 곧 알게 될 것이다.

우리는 익숙한 것을 편하다고 느낀다. 그게 뭐든 처음부터 편안할 순 없다. 어떤 것이 나를 불편하게 할 때 그게 진짜 나를 불편하게 하는 요소를 가지고 있어서인지, 아니면 단지 전에 그런 경험을 하지 않았기 때문에, 즉 낯설기 때문인지 확인해 볼 필요가 있다. 브래지어의 경우는 몇몇 예외를 제외하고는 후자일 것이다.

물론, 브래지어를 하고 싶은 여성도 분명 있을 것이다. 여성인 지인과 노브래지어에 대해서 이야기를 나눈 적이 있는데, 그는 가슴이 너무 커서 브래지어를 하지 않으면 움직일 때 통증을 느낀다고 했다.

만약 자신이 브래지어를 하는 게 즐겁다면 말리고 싶지는 않다. 이런 말 자체가 사실 우습다. 하고 싶으면 하고 안 하는 게 좋으면 하지 말라는 너무 당연한 이야기를 하고 있는 거니까. 그래서 슬프기도 하다. 우리는 브래지어를 하는 게 아프고 숨 막힌다면 하지 않아도 된다는 이야기를 해야 하는 사회에 살고 있는 것이다.

불편한 것들과의 이별

오늘날 여성들은 유방이 발달하면 브래지어를 착용해야 한다는 잘못된 가르침을 아무렇지 않게 배우고, 또 그걸 힘겹게 뒤집는 중이다. 대개 100그램도 되지 않는 그 얇은 천을 몸에서 떼어낸다는 게 생각보다 쉽지 않다.

브래지어를 벗었을 때 처음 부딪치는 장애물은 자신이다. 아무도 내 유두를 보지 않음에도 불구하고 계속 그쪽에 신경이 쓰일 것이다. 브래지어를 벗으면 편하다고? 아니 처음에는 오히려 불편하다고 느낀다. 내 모든 의식이 가슴과 셔츠 옷감 위로 튀어나온 두 개의 작은 점으로 소실되기 때문이다. 브래지어를 벗었지만 좀처럼 가슴은 펴지지 않는다. 왜냐하면 그렇게 해 오지 않았으니까. 그리고 다른 사람들도 그렇게 하지 않으니까.

모든 시작이 그렇듯 브래지어를 벗는 일도 익숙해지려면 시간이 필요하다. 장애물은 가지각색이지만 시간이 그것들을 죄다 해결해 줄 것이다. 그러니 지금 당장 벗어던져 보자. 브래지어를 하지 않은 것이 더 자연스럽다는 사실을 스스로 받아들이게 되면 셔츠에 비치는 여성의 유두는 남성의 유두와 다를 것이 없다는 사실을 깨닫게 될 것이다.

유두는 단지 거기에 있기 때문에 튀어나온 것이다. 코가 뾰족하고 귀가 구불구불한 것처럼 유두는 동그랗고 돌출되어 있다. 그뿐이다.

의식을 바꾸기가 쉽지 않다면 브래지어를 하지 않은 다른 여성들의 멋진 사진을 보는 것도 도움이 된다. 내가 페이스북에 유두 사진을 올렸을 때 한 시인이 브래지어를 하지 않고 끈 민소매 티셔츠를 입은 사진을 올렸다. 그 사진은 매우 아름다웠고 멋있었다.

유두가 비치거나 드러날 정도의 얇은 상의를 입은 여성들의 사진들을 자꾸 보자. 그것이 아름답다는 사실을 뇌가 확실히 알 수 있도록.

유두가 비친 모습이 더 이상 눈에 거슬리지 않게 되었다면 그 다음에는 다른 사람들의 시선을 극복해야 한다. 사진으로 본 여성처럼 브래지어를 하지 않고 외출한다면 사람들은 분명히 당신의 유두를 쳐다본다. 그리고 내가 브래지어를 하지 않았음을 알아챘다. 상대방은 아마 내가 눈치채지 못하도록 곁눈질로 힐끗 쳐다보았다고 생각하겠지만 분명 느낄 수 있다. 그들이 내 유두가 브래지어에 가려져 있지 않음을 알고 있다는 것을.

그럴 때는 좀 더 무심해질 필요가 있다. 그가 내 유두의 라인을 보도록 내버려 두어라. 그들은 단지 우리처럼 유두가 비치는 게 자연스럽다는 의식의 전환을 하지 않은, 시각적으로 자연스럽게 받아들이는 훈련을 하지 않은 사람들일 뿐이다. 그리고 난 이제 아무렇지 않아, 하고 생각해 버리면 된다. 그러면 더 이상 아무 일도 일어나지 않는다.

사람들이 뭐지? 저 여자, 브래지어를 하지 않았잖아, 라고 생각하겠지만 우리가 지나가고 난 뒤에는 누구도 그 일에 대해 더는 생각하지 않을 것이다. 사람들은 그 정도로 우리에게 관심을 갖고 있지 않다. 만일 관심이 생긴다면, 그래서 왜 저 여성은 브래지어를 하지 않고 유두를 그대로 두는가에 대해서 생각하게 된다면 그건 오히려 좋은 일이다. 누군가에게 여성이 왜 브래지어를 하지 않는지 생각해 볼 수 있는 질문을 던진 것이니 자랑스러워해도 좋다. 우리는 잡초가 난 길을 힘겹게 걷고 있지만 그 다음 번에 그 길을 걷는 여성은 좀 더 편하게 브래지어를 벗을 것이다.

브래지어를 하지 않는 공식(?) 작가로 알려지기 이전엔 지인을 만나러 갈 때, 그리고 특히 그 지인이 남자일 때, 내가 브래지어를 하지 않은 것을 유혹의 뜻으로 받아들이면 어쩌나에 대해 진지하게 고민했다. 그건 성폭력 가해자나 성폭력 사건을 대하는 남성의 시선이다. 내게 그 시선이 내면화되어 있던 것이다. 나는 망설임과 두려움으로, 그냥 잠깐 동안 브래지어를 할까도 생각했다. 그러나 이내 스스로에게 그가 내 몸을 괴롭히면서까지 만날 필요가 있는 사람인가? 내가 숨을 조이고 쉬지 않으면서까지 만나고 싶은가? 라고 물었고, 나는 고개를 저었다. 내 대답은 '브래지어를 하지 않으면 만날 수 없는 사람은 없다.'였다. 그런 사람이라면 만나지 않겠다, 만날 필요가 없다! 숨통을 조이면서까지, 아파 가면서까지 꼭 만나야 할 사람은 없다.

의외의 복병은 가장 가까운 여성일 가능성이 높다. 브래지어를 하지 않고 다닌다고 엄마에게 등짝을 맞고 있다는 여성의 경험담을 들은 적이 있다. 나의 경우에는 언니였다. 내가 브래지어를 하지 않았다는 사실을 알고 언니는 나를 타일렀다. 언니는 다른 사람들이 나를 미친 여자라고 욕할 거라며 설득했다. 나는 브래지어를 벗을 수 있다면 그런 욕을 들어도 상관없었다. 그러나 언니는 나와 달리 보수적이고 남들의 시선이나 예의, 형식을 중요하게 여기는 사람이었다. 그로서는 진심 어린 조언을 하고 있다는 것을 느낄 수 있었다.

가까운 사람에게 이해 받지 못함을 받아들여라. 상대를 원망하지 말고 두 사람 모두 자신의 진실대로 행동하고 있다고 생각하면 크게 문제 될 일은 없다. 그런 말들에 휘둘리지 말고 그저 브래지어를 계속 하지 마라. 그리고 당신과 가까운 사람들의 걱정하는 시선과 말들을 그냥 넘겨라. 그저 계속 묵묵히 브래지어를 하지 않은 모습을 보여 주는 것만으로도 당신은 여성들의 가슴 해방에 한몫하고 있는 것이다. 나는 몸이 편안해지는 대신 괴짜 취급을 받는 것을 택했다. 타인의 불편한 시선이 그 대가라고 생각하면 딱히 불만스럽지도 않다.

부끄러움을 내 몫으로 남기지 말기

나는 요가 수련을 할 때도 브래지어를 하지 않는다. 두 팔을 드는 '나무 자세'나 '비둘기 자세'를 할 때는 겨드랑이 털이 보이고 누워서 다리를 들어 올리는 동작을 할 때는 바짓단이 흘러내리면서 수북한 다리털이 드러난다. 아무렇지도 않다. 다들 자기 수련 중이라 내 유두나 털 같은 걸 보지 않는다.

그동안 나는 왜 내 몸을 드러내는 걸 부끄러워했을까? 유두가 드러난 가슴을, 털이 꼬불꼬불하고 거무스레한 겨드랑이를, 굵고 숱이 많은 다리털을 스스로 보고 싶지 않았다는 걸 깨달았다. 피부는 매끈해야 하고, 옷맵시는 깔끔해야 하고……. 이래야 되고 저래야 된다는 생각에 나를 가둔 건 타인이 아닌 나 자신이었다.

요가원 탈의실에서 브래지어를 벗고 요가복을 입은 채로 가슴을 웅크리고 있는 여성을 봤다. 나는 다가가서 가슴을 펴, 나도 브래지어 하지 않았어, 요가원에서 내가 먼저 해 버렸으니까 너도 그냥 편하게 하면 돼, 라고 말해 줄 수 있었다. 유두가 드러난 채로 당당한 내 가슴을 본 여성은 자기도 가슴을 활짝 펴고 수련실로 향했다.

나의 요가 선생님은 남성이다. 내가 지도자 과정까지 마치고 수업을 진행하게 되었을 때, 브래지어를 하지 않고 수업을 진행하는 것에 대해 선생님과 상의를 했다. 그리고 당연히 브래지어를 착용하지 않고 하기로 했다. 누군가 그 점을 문제 삼는다면 그는 나를 지지해주기로 약속했다.

당신이 브래지어를 벗는다면, 브래지어를 벗은 또 다른 누군가를, 그리고 그런 당신을 지지해 줄 사람들을 만날 것이다.

아직 가슴을 조이고 있는 당신에게, 망설일 것 없이 일단 오늘 한번 브래지어를 벗고 티셔츠 차림

으로 나가 보라고 권하고 싶다. 가슴을 가리지 않
고 조이지 않는 낯선 불편감을 일단 느껴 보는 것
이 당신의 가슴이 행복해지는 첫걸음이라는 걸 말
해 주고 싶다.

나는 트렁크 쎈터를 읽는다

2.

우리의 윗옷이 누덕누덕 해지면 언제나 너희들은 뛰어와 말하지. 이렇게 계속될 수는 없다고! 무슨 수를 써서라도 그 윗옷을 고쳐야 한다고! 그리고선 주인님네 부지런히 달려가지. 우리가 추위에 떨며 기다리면 너희들은 돌아와 득의양양하게 얻어낸 것을 보여주지. 기울 조각 하나를. 그것은 기울 조각, 그럼 윗옷 한 벌은 어디에 있나? 우리가 배고파 소리칠 때면 언제나 너희들은 뛰어와 말하지. 이렇게 계속될 수는 없다고! 무슨 수를 써서라도 그런 사람을 구해야 한다고! 그리고선 주인님네들께 부지런히 달려가지. 우리가 배를 주리며 기다리면 너희들은 돌아와 득의양양하게 얻어낸 것을 보여주지. 빵 부스러기 하나를. 그것은 빵 부스러기, 그럼 한덩이 빵은 어디에 있나? 우린 기울 조각이 아니라 윗옷 한 벌이 필요해. 우린 빵 부스러기가 아니라 한덩이 빵이 필요해.

막심 고리키(Maxim Gorky) 원작의 베르톨트 브레이트(Berthold Brecht) 희곡《어머니》의 일부다. 이 작품은 러시아의 평범한 어머니가 노동 혁명가들의 노동 운동을 도우면서 점차 세상과 자신에 대해 깨닫고 강인한 혁명가로 변해 가는 과정을 담고 있다.

천 조각이 아니라 한 벌의 옷을, 부스러기가 아니라 빵 덩어리를 달라는 노동자들의 노래가 하필 떠오른 건 브래지어 말고도 다른 벗어던질 것들이 더 많기 때문이다.

브래지어 벗기에 성공하자 이제 슬슬 팬티에 신경이 쓰였다. 좀전까지는 브래지어만 벗어던지면 신체의 자유를 얻을 수 있을 것처럼 열변을 토했지만, 사실 브래지어를 벗은 것은 빵 쪼가리를 맛본 정도일 뿐이다. 벗어던져야 할 것은 계속 있다. 일단 지금은 팬티 이야기부터 해 보자.

브래지어는 몰라도 팬티가 어때서? 라고 묻는 사람들이 있을 것이다. 그런 사람이 있다면 나는 한번 팬티를 입지 말고 잠을 자 보라고 말하고 싶다. 팬티의 경우는 브래지어보다 압박감이 덜하기 때문

에, 그리고 별로 벗을 일이 없기 때문에 입었을 때
와 벗었을 때의 차이에 둔감해져 있을 가능성이 높
다. 팬티를 벗고 잠을 자 보면 누구든 알 수 있다. 팬
티 역시 브래지어와 마찬가지로 몸에 압박감을 주
고 있다는 사실을.

팬티를 벗어던져 보니

　나는 브래지어를 벗어던진 것처럼 일단 팬티를
벗어던졌다. 팬티를 입지 않고 생활하고 외출도 했
다. 팬티의 경우 브래지어와 사뭇 다른 양상을 보인
다. 일단 주변 사람들과 부딪칠 일을 포함해 그 어떤
외적 갈등도 일어나지 않는다. 누구도 내가 삼각팬
티를 입든 입지 않든 알지 못하기 때문이다.

　이야, 이거 파라다이스인데? 밖에 있지만 집에 있
는 것같이 편안한 이 느낌.

　하지만 그 느낌은 그리 오래 가지 못했다.

　브래지어가 몸을 보정해 주는 기능성인 데 반해
팬티는 위생적인 이유로 착용하는 속옷이다. 안 입

으니까 몸이 죄거나 살갗을 아프게 하지는 않는데 땀이나 분비물을 흡수하지 못해 난감해진다. 외출복은 실내복처럼 순한 재질로 되어 있지 않아 팬티를 입지 않고 맨살 위에 바로 입으면 팬티를 입지 않고 바지를 입은 게 아니라 두껍고 거대한 팬티를 입은 꼴이나 다름없었다. 겉옷의 감촉과 봉제선이 그대로 전해져 몹시 꺼끌꺼끌했다.

나는 다시 팬티를 입었다. 이건 벗어 버릴 것은 아니고 변형해야 할 종류의 것이라고 판단했다. 팬티의 존재 자체가 아니라 팬티의 모양새, 즉 삼각형, 그게 문제다.

대체 팬티는 왜 이렇게 생겼을까? 속옷은 겉옷에 가려 눈에 보이지도 않는데 왜 이런 모양으로 만들어 놓은 걸까?

긴팬티족의 탄생

삼각팬티 대용으로 가장 쉽게 접할 수 있는 것은 시중에서 판매하는 여성용 사각팬티였다. 이렇게 간단하게 대용품을 찾을 수 있다니, 대견해하며 여성용 사각팬티를 구매해 보았다. 그런데 이 사각팬티, 무늬만 사각팬티다.

여성용 사각팬티는 남성용 사각팬티랑 분명 다르게 생겼다. 남성용은 일단 펑퍼짐하다. 근데 여성용은 삼각과 같이 조이는 느낌이다. 수박의 모양을 하고 있지만 수박은 들어 있지 않은 하드 바처럼 사각의 모양을 하고 있지만 그 성격은 삼각과 같았다. 입고 나서 몸을 틀고 위아래로 움직이자 끝단이 도르르 말려 올라가 삼각팬티 모양이 됐다. 이중 삼중으로 말린 끝단이 기존의 삼각팬티보다 더 강한 압박감을 준다.

다음으로 선택한 것이 드로즈다. 사각팬티 대신 허벅지 중간 정도까지 내려오는 드로즈를 팬티 대용으로 입었다. 속옷으로 나온 제품을 선호하는 이유는 재질 때문이다. 그런데 문제는 가격대였다. 팬티는 한 장에 만 원 내외이지만 드로즈는 삼만 원 선이었다. 겉옷과 거의 맞먹는 가격대다. 하지만 나는 그즈음 겉옷에 아무런 신경을 쓰지 않게 돼 의상

비용으로 나가는 지출은 0원이었다. 그래도 팬티 한 장에 삼만 원이라니 쉽게 결정 내릴 수 있는 가격은 아니었다. 고민 끝에 세일 기간을 이용하기로 했다. 가끔 재고처리용으로 50퍼센트 이상 할인하는 기간이 있다. 그 시기에 일곱 벌 정도를 한꺼번에 사니 팬티를 사는 가격과 엇비슷해졌다.

그렇게 '긴팬티족'이 된 지도 일 년이 넘었다. 긴 팬티는 봉제선이 숨겨져 있지 않다는 것 외에 별다른 단점이 없었다. 약간 내려 입으면 봉제선이 몸에 닿지 않으니 그 정도의 불편은 감수할 수 있었다. 사각팬티라고 하기에 이 팬티는 좀 길어서 '긴팬티'라고 이름 붙였다.

긴팬티를 입으며 부딪친 난관은 여름에 짧은 하의를 입을 수 없다는 것이었다. 팬티가 바지보다 길었다. 나는 반바지와 미니스커트를 포기했다. 여름철 나의 인기 의상이었던 블랙 핫팬츠와 미니스커트를 과감히 내려놓았다. 모든 걸 다 얻을 수는 없잖아? 긴팬티는 너무 편했고 핫팬츠는 너무 예뻤다. 그리고 결국 예쁜 게 졌다.

여성의 삼각팬티는 다양한 겉옷을 입을 수 있도록 고려한 디자인인 것 같다. 속옷은 겉옷의 맵시를 위해서도 입지만, 다양한 겉옷을 포기하니 편안한 속옷을 얻을 수 있었다. 내게 속옷의 용도는 신체를 보호하고 청결을 유지하는 것이다. 그게 팬티에 대한 탐구생활 끝에 얻은 심플한 결론이다. 옷장 속 많은 옷들을 이제 더 이상 입을 수 없었다. 하지만 그게 아무 상관도 없어졌다.

고관절 쪽에 거무스름하게 변색된 부위가 서서히 사라지고, 어린 시절부터 몸에 새겨진 브이 라인의 낙인이 옅어지기 시작했다.

착색된 피부를 부드럽게 해 준 또 하나의 공신은 면 생리대다. 면 생리대를 사용하게 되면서 더 이상 살갗이 쓰리지 않았다. 그것만으로도 일회용이 아닌 면 생리대를 사용할 이유는 충분했다. 하지만 그보다 더 긍정적인 변화는 생리에 대한 생각이 달라진 것이다.

생리대는 왜 검정 봉지에 담아 줄까?

생리대를 사용할 때는 내 몸에서 나온 분비물이 이질적인 것으로 느껴졌다. 생리대에 묻어 나서 쓰레기통으로 들어가는 핏물은 부끄러운 분비물에 지나지 않았다.

그런데 면 생리대를 쓰면서부터는 몸에서 나온 생리혈이 더럽거나 불쾌하게 느껴지지 않았다. 생리대를 물에 담가 놓으면 대야 속이 붉게 물든다. 짙은 핏물을 보고 비릿한 냄새와 함께 그걸 따라 버리면서 나는 내 몸에서 혈이 이렇게 빠져나가고 다시 생기는구나, 하고 몸의 순환을 느낄 수 있었다.

그래서인지 생리대에 대한 부끄러움도 사라졌다. 이전에 생리대는 절대 누가 보아서는 안 되는 물건이었다. 생각해 보면 좀 이상하다. 여성이 생리를 한다는 사실은 모두가 알고 있는데, 왜 생리대는 눈에 띄어서는 안 되는 물건이 되었을까?

생리혈에서 상쾌한 냄새가 나지는 않아서? 만약 그 때문이라고 한다면 휴지와 손수건도 모두 눈에 보이지 않는 곳에 놓아야 할 것이다. 그러지 않는

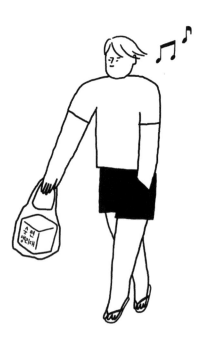

이유가 콧물이 깨끗하다거나 가래가 아름다워서는 아닐 것이다.

콧물은 자연스러운데 생리는 부자연스러워서? 그것도 말이 안 된다. 콧물은 더럽지만 휴지는 당당하게 눈에 잘 보이는 곳에 두듯, 생리대도 당당해져야 하지 않을까?

게다가 면 생리대는 손수건만큼이나 아름답다. 재질도 면이고 디자인도 콜라병 못지 않게 아름다우며 천에 프린트된 무늬들도 보는 이의 기분을 좋게 한다.

내 속옷이 예쁘다고 해서 굳이 남에게 보여 줄 필요가 없듯, 생리대를 다른 사람들에게 자랑하자는 건 아니다. 다만 지금 생리대의 위상은 너무 바닥이다. 생리대는 자랑할 필요도 없지만 숨길 필요도 없다. 연필을 필통에 담듯 파우치에 담거나, 손수건을 주머니에 넣듯 주머니 속에 넣으면 된다. 손수건이 아름답듯 생리대도 충분히 아름다울 수 있는 물건이다. 물론 다 사용한 다음에는 위생적인 절차가 필요하다.

많은 여성들이 면 생리대를 사용하지 않고 일회용 생리대를 쓰는 가장 큰 이유 중 하나는 빨래의 불편함 때문일 것이다. 피가 잔뜩 묻은 천을 손빨래한다는 건 분명 반갑고 기다려지는 일은 아니다. 하지만 간편하게 할 수 있는 방법이 있다. 먼저 과탄산수소나트륨을 물에 몇 스푼 넣고 녹인다. 그리고 그 용액에 생리대를 담가 놓기만 하면 핏물이 쏙 빠진다. 문대거나 비비거나 하지 않아도 된다. 담갔다 꺼낸 다음 짜서 말리면 끝이다.

면 생리대를 사용하며 달라진 점은 또 있다. 생리혈이 샐까 봐 걱정하지 않게 되었다는 것이다. 사실 일반 생리대에 비해 면 생리대가 더 생리혈이 샐 위험이 높다. 하지만 신기하게도 걱정이 덜해졌다. 일회용 생리대를 사용할 때 생리혈에 대해 느꼈던 감각과, 면 생리대를 사용할 때 생리혈에 대해 느끼는 감각의 차이 때문이다.

면 생리대를 사용하면 아무래도 생리혈과 친해진다. 대야 한가득 찬 생리혈을 보고 나면 옷에 살짝 묻거나 이불에 좀 묻은 생리혈이 별것 아닌 것처럼 느껴진다. 생리를 하니까 생리혈이 묻을 수 있지, 뭐, 하고 넘기게 된다. 밖에서 그런 일이 일어나면 조금 당혹스럽겠지만 생리 중에 굳이 밝은 색 옷을 입지만 않으면 별로 티가 나지 않는다.

예전에는 생리 중에도 내가 생리 중이라는 것을 들키고 싶지 않았다. 생리 중이라는 것은 숨겨야 할 사실이었다. 하지만 면 생리대를 사용하면서 핏물과 친해지고(환타가 오렌지색이듯 생리혈은 붉은색이다!) 생리대가 아름다워지면 엉덩이 쪽에 천이 조금 튀어나온 모양도 자연스럽게 느껴진다.

브래지어를 생각해 보자. 가슴을 조이고 있는 것도 불편한데 가슴을 조이고 있는 것을 겉으로 보여서도 안 되는 모순적인 상황을. 생리 중이라는 것만으로도 조심하고 신경 써야 할 게 많은데 왜 그 모습이 드러나서는 안 될까. 옷을 안 입은 것도 아니고 입었는데, 그 안에 뭘 입었다는 것이 왜 드러나서는 안 될까? 생리 중인데 생리대를 했다는 게 왜 숨겨야 할 사실인가?

나는 이제 전처럼 생리대 위에 팬티, 팬티 위에 몸

을 조이는 거들을 입지 않는다. 생리를 하고 있다는 사실을 군이 숨기려고 하지도 않는다. 생리대가 움직이지 않을 정도로만 조임이 있는 삼각팬티를 입는다. 이건 어디까지나 생리대를 고정시키는 용도다. 예전에 거들이 했던 역할을 이젠 (쓰레기통에 들어갈 뻔했던) 삼각팬티가 한다.

긴팬티족의 진화

긴팬티가 최종 대안은 되지 못했다. 긴팬티는 통풍이 안 된다는 단점 때문에 주 5일만 입었다. 마치 평일에는 매일 아침 일어나자마자 책상 앞에 앉아 꼬박꼬박 글을 쓰지만 주말에는 책을 쳐다보지도 않는 것처럼. 평일에는 매일 빠짐없이 요가 수련을 가지만 주말 수련은 하지 않는 것처럼.

주말에는 헐렁한 여성용 짧은 잠옷을 입었다. 그러다 문득 왜 평일에도 헐렁한 짧은 잠옷 스타일의 팬티를 누려서는 안 되는가? 하는 의문이 생겼다.

주말용 팬티도 길이는 긴 편이니 긴팬티라는 점

은 같지만, 이 속옷은 드로즈와 달리 몸에 붙지 않았다. 마치 오스트랄로피테쿠스가 진화해서 신인류가 탄생하듯 삼각은 사각이 되고, 사각은 드로즈가 되고, 드로즈는 헐렁한 긴팬티가 되기에 이르렀다.

이번엔 헐렁한 긴팬티를 찾아다녔다. 대부분의 여성용 헐렁한 긴 속옷은 합성섬유 재질이다. 팬티 위에 입는 용도로 만들어져 분비물을 흡수하는 역할로는 부족했다. 내가 속옷 가게에서 찾아낸 면 100퍼센트의 헐렁한 사각팬티는 남성용뿐이었다.

그러다 발견한 게 J사의 남성용 트렁크 팬티다. J사의 남성용 트렁크 팬티 90 사이즈에는 앞트임이 없어 여성이 입기에 아무 불편함이 없었다. 면 100퍼센트에 단순한 디자인, 그리고 트렁크 형태라 통풍까지 잘 되니 드로즈와 작별하지 않을 이유가 없었다.

남성용 사각팬티가 지금 나의 주 7일용 팬티다. 그렇게 트렁크 팬티를 입은 지 이제 반년이 지났다. 여성용 팬티보다 편안하고 몸에도 잘 맞았다. 겉옷에도 남녀 구분이 사라지고 있는데, 속옷도 유니섹

스 트렁크 팬티 어떨까?

트렁크 팬티가 바꿔 놓은 것들

여성이 트렁크 팬티를 입으면 어떤 일이 일어날까? 내가 트렁크 팬티를 입기 시작하면서 달라진 점은 겉옷의 변화다. 겉옷에 맞춰 속옷을 입지 않고 속옷에 맞춰 겉옷을 입는다. 허리가 잘록하게 들어간 원피스를 입을 때는 허리를 조인 거들을 입어서 옷맵시가 나도록 한 것처럼 트렁크 팬티를 입었으니 팬티에 어울리는 겉옷을 입기로 했다.

제일 먼저 제외된 것은 치마건 바지건 몸에 붙는 모든 옷들이다. 너무 예뻐서 버리기 아까운 옷들을 수거함에 넣기 시작했다. 헐렁한 면바지와 트레이닝 복 정도가 트렁크 팬티와 어울렸다. 게다가 나는 주로 집에서 일을 하고 밖에 나가는 일이 거의 없기 때문에 그 이상의 옷들이 필요하지 않았다. 별것 아닌 것 같지만 놀라운 발견이었다. 방 한구석을 가득 메운 옷들이 사실은 필요 없는 것들

TRASH

이었다니!

두 번째로 버린 것은 치마다. 사실 난 치마를 좋아했는데 트렁크 팬티를 입고 치마를 입기는 좀 불편했다. 속옷의 아랫단이 트여 있으니 겉옷은 이를 감싸 주는 역할을 해야 했다. 그런 이유에서 트렁크 팬티에는 바지가 어울렸다. 눈물을 머금고 치마도 처분했다.

그러고 보면 내가 몸에 대한 탐구생활을 시작하면서 버려야 했던 것 중엔 '예쁨'이 상당했다. 이 말은 그동안 내가 몸에 이것저것 둘러서 나를 예쁘게 만드는 생활을 해 왔다는 방증이기도 하다. 그 '예쁨'을 버리자 몸이 숨을 쉬기 시작했다. '예쁨'이 숨을 막고 있었다는 뜻도 된다.

면 트렁크 팬티를 입은 지 반년, 더 이상 새 팬티를 찾지 않는다. 아쉬운 점이 있다면 속옷 공장에서 앞트임이 없는 면 팬티를 다양한 사이즈별로 만들어 줬으면 한다는 것 정도다. 고관절 부위에 자극을 주지 않고 면 소재여서 분비물을 잘 흡수하는 내게 꼭 맞는 팬티를 찾고 나니, 더 이상 딴 데 보지 않아도 될 정도로 마음에 드는 연인을 찾은 것처럼 든든하다.

수염 난 여자를 만났다

3.

내 몸에 난 모든 털들에 대해 한 번 정도 진지해
진 적이 있다. 왜 나는 코밑 수염이 나는가? 왜 내
겨드랑이 털은 부드럽지 않은가? 왜 음모가, 다리
털이 이리도 풍성한가? 어째서 흰머리는 수두룩한
가? 그렇게 마음에 들지 않는다는 눈빛으로 털들을
쓸어내렸다.

나는 왜 내 몸이 털 없이 미끈해야 한다고 생각했
을까? 어릴 때 가지고 놀던 마론인형 때문일까? 마
론인형의 몸에는 털이 없었고, 머리카락이 아주 길었
다. 단발도 커트도 없고 오로지 허리까지 내려오는
생머리나 파마머리. 무의식중에 그게 여성의 신체라
고 배웠을 것이다. 나도 마론인형처럼 되어야 한다고
생각했나 보다. 그래서 이십 대부터 삼십 대까지 나
는 마론인형처럼 긴 머리를 하고 겉으로 드러난 몸에
난 털들을 모조리 밀어 피부를 미끈하게 만들었다.

콧수염은 아무도 해치지 않아

유치원 시절 나는 눈이 크고 피부가 까무잡잡하

고 날씬한 체형의 겁이 많고 조용한 소녀였다. 이 소녀에게는 좀 독특한 점이 있었는데 바로 코밑에 거무스레하게 콧수염이 나 있었다는 것이다. 누가 놀린 적은 없지만 소녀는 다른 소녀들의 코밑은 자기처럼 거무스레하지 않다는 것을 분명히 알고 있었다.

유치원을 졸업하고 초등학교에 다닐 때도, 중학교 와 고등학교에서도 대부분의 여자아이들은 코밑이 깨끗했다. 아주 가느다란 솜털이 나 있는 정도였다. 하지만 내 콧수염은 분명 다른 아이들의 것보다 숱이 많고, 짙고, 굵었다.

스무 살이 되면서 눈썹 칼을 갖게 되자, 눈썹 칼로 콧수염을 밀 수 있었다. 휴대용 면도기가 피부 위를 쓱 지나가자 비로소 나는 털이 없는 평범한 인중을 갖게 됐다. 단 일이 초 만에 해결되는 문제였다.

그런데 지금은 면도를 하지 않는다. 간단하게 해결할 수 있는데도 그러지 않는 건, 그럴 필요가 없기 때문이다. 사람들의 눈썹 모양이 가지가지이듯 콧수염 모양도 가지가지다. 콧수염의 색깔과 굵기와 뻗어 나간 모양새도 가지가지다. 어떤 사람들은 눈썹이 짙듯 어떤 사람들은 콧수염이 많다. 그게 나다. 그뿐이다.

그런데 왜 여성의 콧수염은 이상해 보일까? 남자들이 정리한 듯 안 한 듯하게 수염을 기른 모습은 아름다워 보인다. 마치 셔츠 단추를 한두 개 정도 풀고 소매를 살짝 걷어 올린 여유로움 같달까. 때 빼고 광내서 멋 부리지 않은 자연미가 느껴진다. 하지만 여자들의 정리하지 않은 수염은 아름다워 보이지 않는다. 자연스러워 보이지도 않는다. 왜일까?

털을 밀진 않았지만 끝끝내 콧수염이 사랑스러워 보이지는 않았다. 브래지어 벗기나 사각팬티 입기와 달리 다른 여성들에게 긍정적인 영향을 미칠 수 있을 것 같지도 않았다. 왜냐하면 다른 여자들도 나처럼 유두가 있었고, 나처럼 삼각팬티가 불편했겠지만, 그래서 그게 '여성 모두의 문제'라고 느낀 반면, 콧수염은 대부분의 여성들의 문제가 아닌, 나만의 문제라고 여겼기 때문이다.

유두는 이상하지 않다. 나도 있고, 너도 있다.

콧수염은 이상하다. 나만 있고, 너는 없다.

'나만' '이상하다'.

이런 식이었다.

콧수염을 기르고 밖에 나갔을 때는 면도를 했을 때보다 얼굴에 대한 자신감이 떨어졌다. 처음이라서, 이 모습이 스스로도 낯설어서가 아니라 콧수염의 존재를 스스로도 받아들이지 못했기 때문이다. 하지만 그런 이유로 수염을 깎고 말끔해 보이고 싶지도 않았다. 내게는 어떤 고집이 있었다. 쭈그러들 망정 사그라들지 않는 불굴의 의지. 우울할지언정 틀리다고 생각하는 일을 하고 싶지는 않았다.

그래서 나는 스스로도 좋아하지 않는 콧수염을 길렀고, 화장을 하지 않았고, 눈썹과 머리카락을 정돈하지 않았다. 그런 내 모습을 아름답다고 느끼지는 않았다. 다만 내가 아름다울 필요가 없다고 생각했다.

나는 미적인 감각에 예민하게 반응하는 사람이었기에 자신감은 떨어졌다. 그래도 어쩔 수 없다고 생각했다. 모든 게 내 마음에 들 수는 없다. 자신감

없는 모드로 지내는 것을 감내하며 나는 콧수염을 길렀다.

거울에 비친 내 모습은 별로 마음에 들지 않았다. 콧수염은 눈곱처럼 떼어 내야 할 것으로 보였다. 하지만 거울에 비친 나는 나 자신이 아니라 이미지일 뿐이다. 거울에 비친 모습이 신경 쓰인다면 거울을 보지 않기로 했다. 그러다 보니 내게 콧수염이 있다는 사실을 잊었다.

그러던 어느 날에 나처럼 콧수염이 꽤 긴 여성을 만났다. 나는 그 여자가 자신의 콧수염에 대해서 전혀 신경 쓰지 않는 것을 보았다. 나는 그 여자가 콧수염을 그대로 두고 있는 모습이 멋있다고 느꼈다. 그걸 전혀 개의치 않는 모습이 당당해 보였다. 콧수염이 나는 여성이 나 말고도 있다는 것, 그러니까 어떤 여자들은 다른 여자들의 평균치보다 꽤 긴 수염이 난다는 것, 그리고 그 수염을 밀지 않은 사람이 당당하게 수염을 드러내고 있었다는 것은 내 웅크린 마음을 변화시키기에 충분했다.

콧수염이 난 남자도 만났다. 그 남자의 콧수염은

듬성듬성 났고 다른 남자들처럼 길게 자라나지 않았다. 숱과 굵기, 길이가 내 것과 비슷했다. 그 이전에 내가 본 다른 남자들처럼 자연스럽게 코와 턱을 뒤덮고 있지 않았다. 내 것과 비슷했지만 남자 쪽이어서 그런지 수염이 부족해 보였다. 그래도 그 남자는 자기 콧수염에 대해서 전혀 신경 쓰는 것 같지 않았다. 나는 그때 콧수염과 여성은 아무 상관이 없다는 것, 콧수염과 남성도 아무 상관이 없다는 것을 알았다.

그날 이후 내 콧수염이 거슬리지 않았다. 콧수염을 기른 여성이 긍정적으로 비춰지자, 내 수염도 긍정적으로 받아들이게 된 것이다. 그리고 나서 알게 된 건 내 수염이 내가 생각하고 있는 것처럼 대단히 진하거나 길지는 않다는 것이다. 그냥 다른 사람들보다 조금 더 길고 조금 더 굵은 정도였다.

지금은 콧수염이 신경에 거슬리지 않는다. 가끔은 콧수염을 밀기도 한다. 마음이 가벼워지고 싶을 때 머리를 짧게 자르는 것처럼, 산뜻한 기분을 내기 위해서 코밑을 정리할 때가 있을 뿐, 콧수염의 존재에 대해 진지해지거나 심각해지는 일은 거의 없다.

콧수염이 난 여자를 또 만난 것은 비키 슈거스 (Vicki Sugars) 감독의 〈콧수염과 십자수(Moustache)〉라는 영화에서다. 주인공은 중년의 부부인 베티와 스탠. 두 사람을 둘러싼 분위기는 늘어진 고무줄처럼 시들시들, 탄성을 잃었다. 그러다 베티에게 콧수염이 나기 시작하면서 두 사람의 관계가 변하기 시작한다. 처음에 베티는 콧수염이 나는 것이 영 마음에 들지 않는다. 면도를 해서 콧수염을 숨기던 베티는 결국 포기하고 콧수염을 기르기 시작한다. 꽤 근사한, 갈매기 모양의 콧수염을 기르게 된 베티가 콧수염에 어울리는 셔츠와 블랙 슈트 팬츠를 입자 수염이 더 이상 어색해 보이지 않는다. 남자에게도 새로운 취미가 생긴다. 다름 아닌 십자수 놓기. 남자는 여자의 변신이 매력적이라고 느끼고 여자 역시 남자를 신선한 시선으로 보게 된다. 둘 사이를 흐르던 탁하고 묵직한 공기도 함께 변해 경쾌하고 즐거워졌다. 그렇게 둘은 서로에게 강렬한 끌림을 느긴다. 베티와 스탠이 탱고를 추면서(물론 다른 탱고 커

플들과 달리 여성인 베티가 춤을 리드한다) 영화의 엔딩 크레디트가 올라간다.

콧수염이 난 여자, 콧수염이 나와 비슷하게 난 남자, 콧수염이 난 아내와 십자수를 하는 남편을 만난 뒤에 나 자신을 보는 시선이 바뀌었다. 지금의 내 모습, 드라이어로 말리지 않아서 자연스럽게 뻗친 커트 머리, 편안한 트레이닝 복, 화장하지 않은 맨 피부에 듬성듬성 나 있는 콧수염이 그리 거슬리지 않는다.

콧수염이 도드라져 보였던 것은 내 몸의 다른 부위들과 어울리지 않았기 때문이다. 다리털이 문제 되지 않는 옷차림을 하고, 스스로 머리를 자르고 겨드랑이 털을 기르게 되자 콧수염은 자연스러워 보였다. 그렇게 차차 내 본연의 모습을 받아들이게 됐다.

우리들의 일그러진 다리털

브래지어와 삼각팬티 다음으로 서랍장에서 쓸어버린 것은 스타킹이다. 브래지어나 삼각팬티에는 큰 애정이 없었다. 하지만 스타킹은 달랐다. 나는 스타킹을 좋아했다.

스타킹을 신으면 왠지 세련된 사람이 된 기분이 들었다. 몸가짐과 걸음걸이도 더 세련되어지는 것 같았다. 마법처럼 스타킹 한 장이면 아이덴티티가 달라지는 듯했다. 살들이 살짝 조여지는 기분. 그 부드러운 탄성. 스타킹의 매력은 바로 그거였다. '아주 살짝만' 조여 주는 것. 나는 그 '살짝'의 느낌을 사랑했다. 강요하지 않음. 만약 조여지지 않는다면, 차라리 자기가 찢어져 버리고 마는.

물론 단점도 그거였다. 자주 스스로 찢어져 버리고 만다는 것. 한두 번 신으면 올이 나가 버리는 판타롱 스타킹, 시스루 스타킹, 독특한 디자인의 스타킹을 애정했다. 가끔 그런 희귀템을 만나면 사들여서 꽤 독특한 디자인의 스타킹을 몇 벌 가지고 있었다. 그중에는 간혹 그저 감상용에 그치는 애물단지들도 있었다. 검은색에 골드로 장미가 수놓아져 있는 스타킹과, 흰색 그물코 스타킹은 의상이 밋밋할 때 상큼한 포인트가 되어 주었다.

그런데 왜 나는 그렇게 스타킹이 좋았을까?

나는 다리 강자다. 다리가 예쁘다는 말을 많이 들었다. 운동을 할 때도 다리 힘이 꽤 세다는 평을 들었다. 다리가 길고 날씬한 편인데 좀처럼 맨다리를 내놓는 일은 없었다.

그건 털 때문이었다. 그것도 꽤 긴 털 때문이었다. 길고 굵은 털 때문이었다. 게다가 그 털이 사방팔방으로 뻗쳐 있기 때문이었다.

남자 다리에는 털이 있는 게 자연스러워 보이고 여자 다리에는 털이 없는 게 자연스러워 보이는 이유는 대체 뭘까? 그리고 내 다리에는 유독 많은 털이 나 있는 이유는 또 뭘까? 내가 내 다리털을 사람들에게 보여 줘선 안 된다고 생각했던 이유는?

대학 시절, 나는 다리털을 밀지 않고 스타킹을 신은 여성을 만난 적이 있었다. 나와 같은 문학 동아리의 일원으로, 영문과 전공생이었다. 긴 파마머리에 투피스 차림을 한 그녀가 내 맞은편에 앉아 다리를 꼬았을 때 살구색 스타킹 안쪽으로 덥수룩한 다리털이 스타킹에 눌려 있는 것을 보았다. 그 모습이 마치 얼굴 위에 스타킹을 뒤집어쓴 것처럼 기이

해 보였다.

나는 그때까지 다리털을 밀지 않고 스타킹을, 그
것도 살구색 스타킹을 신을 수 있다는 생각을 해 보
지 못했다. 나도 그렇게 할 수 있다는 생각은 더더
욱 하지 못했다. 그리고 그 모습은 지금도 좀 이상
해 보이는데 아마 이런 게 편견일 것이다. 그녀의
다리털이 나를 찌른 것도 아니고 스타킹이 내 얼
굴을 누른 것도 아닌데 내가 무슨 자격으로 그렇
게 판단했을까.

지금 나는 스타킹을 신지 않는다. 다리털은 밀 때
도 있지만 전처럼 스타킹을 좋아하지 않게 되었다.
스타킹의 살짝 조여 주는 느낌 대신 몸에 자극을 주
지 않는 헐렁함을 사랑하게 되었기 때문이다.

수집한 스타킹을 다 갖다 버리고 이젠 양말을 유
심히 살피고 다닌다. 요즘 신는 양말은 연한 하늘색
의 면 양말. 발에 부드럽게 닿는 편안한 느낌이 좋아
다섯 켤레를 사서 매일 그것만 신는다.

다리털을 밀지 않는 건 사실 코털의 경우처럼 심
리적인 이유는 아니고 귀찮기 때문이다. 코털은 한

번 밀면 꽤 오랜 시간 말끔한 상태가 유지되는 데 반해 다리털의 경우는 애써서 밀어 봐야 그 다음 날 다시 올라온다. 마치 생명력이 뛰어난 식물이 흙을 뚫고 새싹을 틔우는 것처럼 뾰족하게. 올라온다. 다시. 매일 아침 해가 뜨는 것처럼. 꾸준하게.

나도 다리털이 있어, 라고 말하는 친구들을 주변에서 보아 왔다. 그 말에 솔깃해 친구의 다리털을 보았지만 그 다리털들은 내 다리털과는 종류가 달랐다. 토끼털과 양털의 차이랄까. 친구의 다리털은 내 기준에서는 '여성스러워', '여성다워' 보였다. 내 다리털처럼 아주 진한 검은색이 아니라 갈색 빛이 돌았고 굵기에도 차이가 있었으며 한 올 한 올 같은 방향으로 가지런히 나 있었다.

내 다리털은 그렇지 않았다. 내 다리털은 다른 남자들의 다리 위에 나 있는 것과 더 비슷했다. 일단 수염의 경우처럼 색이 짙었고, 굵었고, 좀 더 길었고, 무엇보다 사방팔방으로 제각기 흩어져 있었다. 대체 왜…… 이유는 모르지만 어쨌든 내 털은 그랬다.

그래도 이젠 밀지 않는다. 미용을 위해 매일 털을

밀 정도의 관심이 이제 사라졌다. 내 소중한 시간을 다리털을 미는 데 투자하고 싶지 않았다. 긴팬티를 입으면서 미니스커트나 반바지를 입지 않게 되자 다리털 때문에 고민할 일도 없었다. 밀지 않고 그대로 두니 오히려 털은 더 부드럽게 자라 그다지 거슬리지 않게 됐다.

음모도 머리카락도 내키는 대로

음모는 자른다. 음모는 짙고 굵고 길고 다리털처럼 사방팔방으로 뻗어 나오는데 거기다 곱슬거리기까지 한다. 마치 레게 파마를 한 머리처럼 부풀어 오르는 음모. 아무도 보지 못한다는 점에서는 다리털과 같았지만 내가 좀 불편해서 가끔 가위로 잘라 주고 있다.

전에는 음모가 길면 자르면 된다는 생각을 하지 못했다. 음모를 자르게 된 것은 머리카락을 스스로 자르게 되면서부터다.

스스로 머리카락을 자른 지는 2년이 넘었다. 다른

부위의 털들이 신경을 거슬리게 한 반면 머리카락만은 부드러운 반곱슬이어서 무난하게 관리할 수 있었다. 문제는 미용실이었다. 나는 미용사에게 편안하게 머리카락을 맡겨 둘 수 있는 성격이 아니었다. 일단 머리카락을 자르는 동안 나누는 대화를 잘 할 수 없었다. 나는 원래 말이 거의 없는 편인데 미용실에서 나누는 대화는 내 하루치의 대화량을 넘어섰다. 게다가 누가 나와 그렇게 가까이 있는 것, 신체가 닿는 것, 그 모든 상황이 계속 나를 경직시켰다. 스트레스로 인해 미용실에 가는 게 싫어지자 스스로 머리를 자르기 시작했다. 손재주가 좋은 편이어서 따로 배우지 않았는데도 가위질은 금방 늘었다.

일단 커트머리를 한 사람이 지나가면 헤어스타일을 유심히 본다. 귀밑머리는 귀 선에서 다듬었구나, 각도를 조금 달리하면 저런 느낌이 나는구나, 하고 미용 공부는 길거리에서 충분히 한다. 모두가 헤어디자이너들에게 미용을 받고 있으므로, 주위의 모두가 헤어스타일 연구 대상이다.

지금은 3단계 커트법을 애용하고 있다. 일단 전체

길이를 생각해 아래쪽 머리를 자르고, 다음은 앞머리를 포함해 위쪽 머리를 가장 짧게, 마지막으로 구레나룻을 포함해 중간 정도의 길이로 전체적으로 세 번 다듬어 주면 꽤 자연스러운 커트가 완성된다.

머리카락을 자를 때 음모도 적당히 자르고, 겨드랑이 털도 잘라 준다. 전처럼 민둥산을 만들지 않고 너무 길어졌을 때 적당히 잘라 주는 정도가 좋다.

내 몸의 털들을 스스로 정리하면서 나에 대해 좀 더 잘 알게 되었다. 이 정도가 내게는 적절하구나.

나에게 어울리는 커트. 내가 한다. 머리카락도, 겨드랑이 털도, 다리털도 내가 필요할 때 내가 원하는 만큼 자르고 다듬는다.

털에 대한 마지막 고민은 흰머리였다. 첫 장편소설을 쓰고 나서 흰머리가 확 늘었다. 이미 전에 동종업계의 친구로부터 작업을 하고 나서 머리가 희어 버렸다는 이야기도 들었고, 소설을 쓰고 난 뒤 귀옆 머리가 희어졌다는 작가의 말을 읽었는데도, 운동을 했으니 배가 고픈 것처럼 자연스러운 현상이라고 받아들이지 못했다. 게다가 내 흰머리는 더듬

이처럼 위로 솟아올라 신경을 거슬리게 했다. 예쁘지 않은 것은 포기했지만 나이가 들어 보이고 싶지는 않았던 걸까? (나는 예쁘다기보다는 어려 보인다는 이야기를 많이 들었다.)

나는 가위로 흰머리를 잘라내기 시작했다. 며칠 동안은 안 보이는 듯하다가도 며칠 뒤에는 새싹이 돋아나듯 검은 머리 위로 불쑥 솟아오르는 흰머리들이 보기 싫었다. 그랬던 흰머리에 신경을 쓰지 않게 된 건 친구의 한마디 덕분이었다.

"너, 흰머리 멋있어."

동료인 친구는 내 흰머리를 보고 소설 쓰기의 노고를 헤아렸던 것 같다. 타악기 연주자의 손에 박인 굳은살처럼 내 흰머리도 자연스러운 현상이었다. 악기는 연주하고 싶은데 손은 부드럽게 유지하고 싶다는 게 말도 안 되는 욕심인 것처럼, 소설 쓰기를 좋아하고 이런저런 공상을 즐기는 내게 흰머리는 당연했다. 지금 나는 흰머리를 자르지 않고 그대로 둘 수 있게 되었다.

이로써 내 몸에 난 털 얘기는 끝이다. 아, 참 난 엄지발가락 마디에 굵은 털이 나 있다. 그 털도 좀 별로다. 발은 매끈해 보이면 좋겠다고 생각하지만 그 털은 살짝 미룰 때가 있다. 대단한 철학이 있는 건 아니고 그건 그냥 귀찮아서. 볼 때마다 잘라야지, 생각하지만 미루고 미루다 다른 일들, 혹은 다른 털들에 밀려 뒷전이 되었다.

그러다 어느 명절에 맨발인 언니의 엄지발가락 마디에 굵게 난 털오라기들을 보았다. 유전이구나. 다리털 밀고, 화장도 하고, 지금도 내가 브래지어 안 하고 있다는 걸 알게 되면 펄쩍 뛸 언니도 발가락 털은 그대로 둔 걸 보니 그 털은 언니에게도 우선순위가 아닌 모양이다.

사람들은 다 다르다. 어떤 남자는 덥수룩하게 기른 수염이 어울리는 것처럼, 어떤 남자는 다리털이 멋있어 보이는 것처럼, 콧수염이 난 여자도 멋있어 보이고, 겨드랑이 털이 난 여자도 버스 손잡이를 당당하게 잡을 수 있고, 다리털이 수두룩한 여자도 반바지를 입은 모습이 자연스러워 보이는 날이 언젠가는 오지 않을까?

그날을 기다리며 나는 겨드랑이 털을 기른 채 슬리브리스 티셔츠를 입고 요가를 한다. 두 팔을 들어 올려 겨드랑이가 훤히 드러나는 나무 자세도 스스럼없이 한다. 다리털, 콧수염, 엄지발가락 털 등을 통틀어 내가 가장 콤플렉스를 느끼는 털은 겨드랑이 털이지만, 그걸 굳이 감출 생각은 없다.

눈이 예쁜 사람도 있고 입술이 못생긴 사람도 있지만 그렇다고 입술을 가리지 않는 것처럼. 내 겨드랑이 털은 못생겼을 뿐 엄연히 존재한다. 그건 잡초가 아니다. 어엿한 제 역할이 있다. 겨드랑이 털이 없는 것처럼 보이고 싶지는 않다. 파마를 한 것처럼 유난히 곱슬거리는 내 겨드랑이 털의 모습을 있는 그대로 인정하고 받아들이겠다.

근데 머리카락은 일부러 파마해서 뽀글거리게 하는 게 히피하고 매력적으로 보이는데 왜 파마한 것처럼 꼬불꼬불한 겨드랑이 털에서는 미적 쾌감을 느끼지 못할까?

머리카락은 되는데 왜 겨드랑이 털은 안 되나요?

초췌해 보여도 괜찮아

4.

내가 아는 어떤 이는 편한 옷을 입고 나왔을 때 술을 삼간다고 했다. 편한 옷을 입고 마시면 조절을 하지 않고 만취할 때까지 마시게 된다는 거다. 나 역시도 입고 있는 옷의 재질, 색깔, 디자인의 영향을 받는다. 그래서 옷이 많았다. 옷이 내 애티튜드(attitude)를 만들어 주는 것 같았다. 어떤 옷을 입고 있으면 그 옷과 어울리는 행동을 하게 되니까.

옷은 한때 내게 마술이나 변신 같은 거였다. 화려한 옷을 입으면 자신감과 활력이 생겼고 부드러운 소재를 입고 있으면 마음이 느슨해졌다. 아침에 그날 입고 나갈 옷을 고르는 데 신중했다. 하루 일이 잘되냐, 되지 않느냐가 마치 옷에 달린 것처럼 신경을 썼다.

대학을 졸업하고 사회생활 초기에는 돈을 버는 족족 옷을 샀다. 백화점은 내 아지트였다. 로비를 통과하면 고민할 것 없이 삼 층의 영캐주얼 코너로 향했다. 형편이 그리 넉넉하지 않았기 때문에 반값 이상 할인하는 이벤트홀을 사랑했다. 집 바로 옆에 백화점이 있던 시절에는 매일 백화점에 갔다. 가격대비 좋은 상품을 골라 들고 집에 돌아오는 충족감이 상당했다.

그런데 그 충족감이 한순간 깨져 버렸다. 오래된 연인에게 별안간 이별 선고를 받은 날처럼 그날의 기분을 꽤 정확하게 기억하고 있다.

옷을 사지 않게 되다

평소 눈여겨보는 브랜드의 신상품들을 구경하고 그중 가격이 적당해서 내가 살 수 있는 옷을 골랐다. 베이지 톤의 에이라인 스커트였다. 평소처럼 옷은 커다란 쇼핑백에 담겼고 나는 카드를 내밀었다. 그렇게 영수증과 함께 옷이 든 쇼핑백을 손에 쥐었는데 평소처럼 마음 가득 채워지는 만족감을 느끼지 못했다.

대체 뭐 때문이었을까? 옷은 분명 마음에 들었다. 그런데 만족감이 들지 않았다. 아무 기분도 느낄 수 없었다. 쇼핑이, 카드를 긁고 새 물건이 담긴 종이가방을 받는 행위가 더 이상 나를 충족시키지 못했다.

당황했다. 그럼 이제 뭘 해야 하지? 나는 옷을 사고 있었던 게 아니라 만족감을 사고 있었던 것 같다. 옷을 사는 행위로 채웠던 만족감을 이제 어떻게 채워야 할까? 도통 알 수 없었다. 다만 늘 해 왔던 것이 더 이상 내게 기쁨을 주지 못했고 나는 그 기쁨을 앞으로는 영영 얻을 수 없다는 것만 확실히 알 수 있을 뿐이었다.

커다란 쇼핑백을 손에 든 채 나는 집에 돌아가지 못하고 매장 안을 빙빙 돌았다. 아무것도 채워지지 않았다. 마치 헤어진 연인의 얼굴을 마주 보고 있는데 그가 더 이상 나를 사랑하지 않는다는 사실만을 알 수 있을 뿐인 그런 기분이라고 해도 좋을 정도로 당황스러웠다. 아니 그 반대였다. 어제까지 사랑했던 연인의 얼굴을 봤는데 마음에 아무 무늬도 일지 않았던 것이다.

그 후로 옷을 사는 일이 끝났다. 이후 나는 저 옷 갖고 싶다, 입고 싶다는 충동을 느끼지 않게 되었다. 윈도 쇼핑도 하지 않는다. 사지 않으니 볼 이유도 없어져서 옷가게를 지나칠 때 쇼윈도를 구경하는 일조차 좀처럼 없다.

예쁨이 더 이상 필요충분조건이 아니라서

콜린 퍼스(Colin Firth) 주연의 〈싱글맨(A Single Man)〉이라는 영화에서 내가 좋아하는 장면이 있다. 주인공 조지가 아침에 일어나 양복을 입으면서, 조지는 조지처럼 입어야 비로소 조지가 된다고 설명하는 장면이다.

나도 그랬다. 옷을 입기 전의 나는 뭔가 생달걀 알맹이처럼 흐물흐물했다. 옷을 입어야 몸이 바로 서는 느낌이었다. 왜 그랬을까?

거기에 낭만적이거나 철학적인 설명이 들어설 자리는 없었다. 느낌이나 의미의 영역에서 일어나는 일이 아니라 '몸에 근육이 없어서'였으니까.

나는 몸을 세울 만한 허리 근육, 발목 근육이 없었고, 구두와 옷의 힘으로 몸을 세우고 걸어 다녔다. 그러다가 몸에 근육이 붙기 시작하자 옷의 필요성을 느끼지 않게 되었다. 옷 대신 근육으로 서고 걸을 수 있게 되었으니까. 그간 옷들이 내 목발이었던 셈이다. 그게 목발이라는 것을 모르고 아름다운 색상과 현란한 무늬에 빠져 같은 것을 계속 사들이고 또 사들였던 것이다.

운동을 하면서 옷에 대한 취향도 바뀌어 갔다. 개성이 강하고 화려한 옷차림을 좋아하던 내가 스포티하고 활동적인 옷들을 더 선호하게 되고, 그 다음에는 옷에 대해 아예 관심을 접게 됐다. 트레이닝 복 한 벌이면 충분했다.

이제는 필요에 의해서 옷을 산다. 그리고 그렇게 되자 더 이상은 옷을 살 필요가 없다는 사실을 깨닫게 되었다. 단 한 벌도 말이다.

친하게 지내던 친구가 있었다. 친구는 누구에게나 미인이라는 이야기를 들을 정도로 외모가 눈에 띄는 편이었다. 둥근 얼굴에 이목구비가 또렷하고 긴 파마머리에 깔끔하고 단정한 차림이었다. 그 친구가 어느 날 긴 머리를 싹둑 잘라 쇼트커트를 하고 나타났다. 나는 쇼트커트를 좋아하는데, 친구는 곱슬머리라서 쇼트커트가 어울리지 않았다. 긴 머리

가 예뻤는데, 라고 생각했지만 그 말은 나오지 않았다. 그가 왜 내 미적 감각을 충족시키기 위해 머리를 길러야 하는가? 변한 것은 헤어스타일뿐만이 아니었다. 친구가 입은 옷에도 변화가 있었다. 전처럼 몸에 꼭 맞는 옷이 아니라 헐렁하고, 소재도 편안한 것으로 바뀌어 있었다. 그리고 무엇보다 큰 변화는 살이 쪘다는 거였다. 그때는 친구의 변화가 좋아 보이지 않았다. 친구가 그 변화를 선택했고, 내 관점에서 가타부타 판단할 수 없는 변화라는 것 정도만 알 수 있을 뿐이었다.

친구는 오토바이를 타고 사라졌다. 몸에 딱 맞는 트렌치 코트를 입고 목에 달라붙는 목걸이를 하고 다소곳한 말투와 단정한 외모로 시선을 사로잡았던 그녀의 첫인상도 오토바이의 엔진소리와 함께 사라졌다.

시간이 꽤 많이 흘러서, 나는 갑자기 변했던 그녀와 비슷한 외양을 가지게 되었다. 머리카락이 짧아졌고, 헐렁한 면 소재의 옷을 입고, 디자인에 별 관심이 없어졌다. 그리고 사람들이, 그때 내가 그녀를

봤던 시선으로 바라보는 걸 느낀다. 그들은 내가 그녀에게 할 뻔했던 말들을 내게 한다.

"옷에 좀 신경을 쓰지 그래?"

"화장을 하고 조금만 꾸미면 예쁠 텐데!"

아니, 나는 이제 예쁠 필요를 느끼지 못한다. 관심이 없는데 왜 신경을 쓰는가.

대부분의 작가들이 커피숍이나 작업실에서 글쓰기를 선호하는데 나는 집에서 작업한다. 밖에 나갈일은 장을 보러 가거나, 운동을 하러 갈 때, 한 달에 한두 번 친구를 만날 때 정도이니 외출복이 필요 없었다. 상하의 검은 트레이닝 복 하나면 충분했다. 이제 내겐 옷 대신 근육이 있으니까. '뭘 입는가'보다는 어느 부위의 근육이 모자란가를 확인한다. '어떤 옷을 더 살 것인가'가 아니라 어느 부위의 근육이 약해져 있는지, 어떤 운동이 적절한지 살핀다.

그런데도 옷장은 가득 차 있다. 매일 입는 옷은 정말 트레이닝 복 세 벌인데 일 년에 한두 번 입는 옷들은 여러 벌이다.

게다가 취미로 탱고를 추던 시기에 샀던 옷들은 하나같이 버리기 아까울 정도로 아름다웠다. 실크 드레스, 시폰 치마, 프린트 블라우스. 하지만 아름다우면 뭐하나. 이제 저걸 입고 갈 곳이 없다. 이제 더 이상 춤을 추지 않으니 화려한 옷은 내게 필요 없다.

그런데도 옷을 버리기는 쉽지 않았다. 혹시나 이 옷을 입을 일이 있지 않을까? 싶었다. 분명 그렇지 않았다. 그 옷을 다시 입을 일은 없었다. 그래도 버리지 못했다. 다시 의문이 들었다. 언젠가 그 옷을 입을 일이 있지 않을까? 방금 전에 한 질문과 같았다.

왜 그럴까 생각해 보니 그 옷은 아주 일반적인 옷이었다. 그 옷은 굉장히 평범한, 거리에서 어떤 여성이 입고 있는 모습을 쉽게 떠올릴 수 있는 옷이기 때문이었다. 그래서 어쩐지 버리기가 뭣했다.

하지만 다시 생각해 보니 그 옷은 그동안 내가 한 번도 안 입었고 앞으로도 내가 한 번도 안 입을 옷이 분명했다. 결단을 내리지 못한 것은 나 자신을 타인의 시선에서 바라보았기 때문이었다. 다른 여자들이라면 이런 옷을 버리지는 않을 것이다, 라는 생각이었다.

또 다른 이유는 그 옷이 예쁘기 때문이었다. 보고 있으면 흡족했다. 나무랄 데가 없어 보였다. 옷가게 의 쇼윈도에 걸려 있다면 다시 사고 싶다는 생각이 들 정도였다. 하지만 내가 입는 스타일은 분명히 아 니었다. 입을 일이 없는 건 분명했다. 그런 식으로 내가 사들인 옷이 얼마나 많은가. 나는 결국 그 옷 을 버리는 데 성공했다. 기준은 단순했다. 안 입는 옷은 버리자.

뭘 입을까, 뭘 살까 고민하는 시간들. 이것저것 입 어 보고 상하의를 매치해 보는 시간에 휴식을 취하 자 여유가 생겼다. 쇼윈도 앞에 서서 마네킹들이 입 은 옷들을 물끄러미 바라보고, 내가 입으면 어울릴 까, 어떻게 매치하면 '간지'가 날까 상상해 보고 통 유리문 가까이에 붙어 서서 옷 끄트머리에 붙어 있 던 가격표에 눈길을 주던 건 아주 오래전의 일이다. 이젠 그러지 않는다.

대신 이제 이불가게 앞에서 그런다.

이불가게 앞을 지날 때마다 저 안에 나에게 딱 어울릴 한 세트의 이불이 있지 않을까 싶다. 이불은 사실 옷처럼 자주 바꾸는 용품은 아니지만 그래도 한두 번은 흘끗거리게 된다. 괜히 만지작거려도 보고, 할인하는 물품이 나오면 얼마인지도 확인해 본다.

내가 좋아하는 이불은 면 100퍼센트. 새로운 공법에 의해 개발된 신소재를 사용해 보기도 했지만 아주 추운 겨울이 아니라면 결국은 면 100퍼센트를 못 당한다. 연구 끝에 개발된 메모리폼 매트리스도 사용해 보았지만 두꺼운 광목요가 가장 편안하다. 아름답고 화사한 이불보다 무지 면 이불이 좋다. 아무 무늬도 색깔도 없는 자연 그대로의 색상이 눈에도 몸에도 편하다.

자연스러움을 추구합니다

만약 화장품이 몸에 좋은 성분으로 만들어졌다면 적정선에서 화장을 즐겼을까? 노메이크업은 '브래지어를 하지 않겠어, 삼각팬티를 입지 않겠어.'처럼 어떤 결단을 내린 건 아니고 자연스럽게 그리 되었다.

노브래지어는 스스로 의식하고 결심하고 애써서 노력한 결과라면 노메이크업은 그냥 이러저러 하다 보니 그렇게 자연스럽게 흘러간 경우다. 노브래지어가 내적으로도 치열하게 싸워서 얻게 된 해방이라면 노메이크업은 그렇지 않았다. 누가 너 메이크업 안 했네? 라고 물어오면 아, 내가 화장을 안 했구나, 하고 그제야 알아챈다.

애초에 화장에 큰 관심은 없었다. 내가 보기에는 화장을 하고 난 뒤에 별로 더 나아지는 게 없는 것 같았다. 화장을 잘 안 먹는 피부였다. 화장을 하고 나면 얼굴은 더 건조해 보이고, 눈에서는 눈물이 나서 번지고, 입가에는 색소가 말라붙었다. 나중에야 화장의 절차들, 베이스 제품들을 갖춰 바르지 않아서 그렇다는 걸 알게 되었지만 그 절차를 배우기 전에 스스로 그만뒀다.

지금은 비즈왁스를 이용해 화장품을 만들어 쓰고, 그것도 귀찮을 때는 로즈힙이나 코코넛 오일을 바른다. 식용유도 괜찮다. 내가 만든 화장품은 피부가 트는 걸 막아 주는 정도다. 시중에 파는 것들처럼 피부에 광택을 나게 하는 등의 대단한 효과는 없다.

그래서 상대적으로 얼굴이 초췌해 보인다. 엄마는 내 얼굴이 안 좋아 보인다면서 걱정하시지만, 내가 보기에 내 얼굴은 지극히 정상이다. 많은 여성들이 피부에 많은 노력을 들여 관리하기 때문에 피부에 공을 들이지 않은 내가 어딘가 아파 보이나 보다.

당연한 결과다. 사실 난 하루에 한 번도 거울을 들여다보지 않는다. 얼굴을 자주 보지 않으면 신경을 쓰지 않게 된다. 나는 어디가 아프거나 문제가 있는 게 아니라 피부 관리에 별 관심이 없는 사람의 평범한 피부를 가졌다. 그뿐이다!

화장을 하지 않은 여성에 대해 차별의 시선을 거부하는 나에게도 화장에 관한 선입견이 있었음을 고백한다. 화장한 남성의 경우였다. 어느 날 일 관계로 만난 남성이 화장을 하고 나왔다. 나는 좀 당황했다. 그건 마치 얼굴이 튼 나를 화장한 다른 여성과 비교하는 시선으로 바라본 것과 비슷하겠지?

나는 그 남성을 분명 이상하다고 느꼈다.

눈썹을 칠하고 피부결을 정돈한 것은 개인의 선택이다. 나는 자연스러움을 추구하고 그는 다른 것을 추구할 뿐. 그는 대중 앞에 서는 일을 많이 하니 외모가 중요했을 것이다. 나는 대부분의 시간을 혼자 보내서 외모에 신경을 쓰지 않게 되는 게 자연스러운 일이었듯, 그에게는 화장이 자연스러웠을 것이다. 편견에서 벗어나려고 애쓸 때 잊지 말아야 할 것은 다른 사람에 대해 함부로 판단해서는 안 된다는 것이다. 내 잣대를 다른 이에게 들이대지 않는다.

머리는 빗지 않는다. 머리가 짧으니 머리카락이 엉킬 일이 없고 굳이 빗질을 하지 않아도 되니까. 베이킹 파우더로 머리를 감고 식초를 섞은 물로 머리를 헹군다. 머리카락이 찰랑거리거나 윤기가 나지 않는다. 그냥 두피와 모발이 건강하고 손질은 잘 안 된 정도다. 간혹 너 머리가 왜 그래? 라며 잔소리를 하는 사람들이 있지만 넘겨 버리면 그만이다.

예전에는 얼굴이 부드럽고 몸에는 각질이 일었다. 지금은 몸이 부드러워지고 얼굴이 거칠다. 어떤 사

람은 다리가 긴 것처럼 어떤 사람은 눈이 작은 것처
럼 나는 얼굴 피부가 거친 사람이다. 피부가 거친 남
자들은 많은데 여자의 얼굴 피부가 거칠면 그게 큰
문제인 것처럼, 뭔가 잘못된 것처럼 여긴다.

나 자신이 그랬다. 내 피부가 거칠어졌을 때, 사실
처음에는 깜짝 놀랐다. 오이 마사지라도 해야 할까,
고민하다가 문득 왜 피부가 거칠어서는 안 되지? 하
는 생각이 떠올랐다. 그러자 모든 문제가 해결됐다.

색조 화장품이 남아 있을 때는 특별한 날, 그러니
까 얼굴을 좀 내보여야 하는 날이나 프로필 사진을
찍을 때 사용하다가 네 번째 소설책을 출간할 때부
터는 프로필 사진을 찍을 때도 화장을 하지 않게 되
었다. 그때는 이미 집에 화장할 색조 화장품도 없었
고 내가 화장할 수 있다는 사실조차 잊고 있었다.

사진사가 보내 준 사진 속의 얼굴은 아주 자연스
러워 보였다. 최종적으로 선택한 사진의 톤을 결정
하기 위해 보정한 사진 석 장이 날아왔다. 자연 그
대로의 톤, 밝은 톤, 빛을 날려서 피부가 아주 환하
게 밝아진 세 가지 톤이었다. 피부를 밝게 처리하면

나이가 어려 보이는 건 사실이었는데, 가장 자연스러운 톤으로 가기로 했다. 그렇게 처음으로 노메이크업 프로필을 찍었다.

화장 안 하는 게 역시 자연스럽고 예쁘네, 라고 생각했지만 사진을 찍어 준 친구로부터 돌아온 대답은 이랬다.

"피부톤은 보정한 거예요!"

화장 안 하는 게 무조건 예쁘다고 주장할 생각은 없다. 다만 나는 우리가 예쁠 필요가 없다는 얘길 하고 싶다. 자이언티는 화장을 안 해도 예쁘다고 말하지만 내가 보기에 화장을 안 하면 그냥 자연스럽다. 심지어 화장을 한 사람 옆에 있으면 초췌해 보일 수도 있다. 그런데 예쁘지 않으면 어떤가? 난 내가 초췌해도 괜찮다.

내가 그게 더 편하고 좋으니까, 그럼 됐지 뭐.

나는 원래 집에 있을 때조차, 혼자 있을 때조차 옷을 벗고 있는 것을 두려워했다. 아무도 나를 보지 않아도 내 몸은 부끄러운 것, 가려야 하는 것이라고 느졌다. 내가 여성이기 때문만은 아니고, 드러나지 않는 부분의 몸, 그러니까 내 몸의 관절들과 접히는 부분의 살이 까맣게 죽어 있어서이기도 했다.

몸을 움직이는 방법, 숨을 쉬는 방법, 편안해지는 방법들을 배우면서 조금씩 보이지 않는 부분의 살이 제 빛깔로 돌아오고 다시 살아 숨 쉬는 것을 경험했다. 그래서 다시 내 몸을 조이거나 아프게 하고 싶지 않다. 웅크리고 싶지 않다. 이젠 옷을 벗은 채로 머리를 말리고 가끔은 집안일도 한다.

요즘 나의 관심사는 내장이다. 자주 곤두서고 날카롭고 예민해서 딱딱하게 굳어 버리는 내 위장, 화장실에 가고 싶다는 신호를 보내도 다른 일들에 정신이 팔려서 오래 기다리게 하는 게 버릇이 되어 버린 내 신장과 대장, 최소한의 용량을 돌리며 아껴 사용하고 있는 폐, 자극적인 것들을 사랑하는 탓에 쉽사리 두근거리는 심장.

사람이 불행해지는 방법은 실로 여러 가지가 있지만 행복해지는 방법은 비슷하다. 행복이 익숙해질 때까지 시도하고 또 계속 시도하면 된다. 처음에는 불편하고 그 다음에는 조금 덜 불편하고, 그리고 마침내는 편안해진다.

그렇게 그 행복은 마침내 내 것이 된다.

나는 트렁크 팬티를 입는다

1판 1쇄 인쇄	2021년 3월 15일
1판 1쇄 발행	2021년 3월 23일

지은이	최정화

발행인	정욱
편집인	황민호
본부장	박정훈
책임편집	한지은
마케팅	조안나 이유진 이나경
국제판권	이주은
제작	심상운

발행처	대원씨아이㈜
주소	서울특별시 용산구 한강대로15길 9-12
전화	(02)2071-2095
팩스	(02)749-2105
등록	제3-563호
등록일자	1992년 5월 11일

ⓒ 최정화 2021

ISBN	979-11-362-6977-5 03810